Ingvar Holmberg

DAGS VERS *och* NATT GRUBBEL

– rim och reson och en liten nypa nonsens

Förlag: BoD – Books on Demand, Stockholm, Sverige

Tryck: BoD – Books on Demand, Norderstedt, Tyskland

ISBN: 978-91-8057-735-9

Omslagsdesign: Team Offset

Först utgiven 1995 på eget förlag

Baksida av Liselotte J Andersson

(Johansson som ogift)

Ny utgåva 2024

Kontakt med författaren:

Epost: ingvar.holmberg@telia.com

Tel +46 (0) 70 6203977

Hemsida: www.ingvarholmberg.se

INNEHÅLL: sid 3

Prolog

Här är ett första försök
att dig en diktsamling räcka.
Några av dikterna skrevs
för mycket länge sen
Inget försök har jag gjort
att vara enhetlig heller.
Därför så finner du här
bunden och otyglad vers,
rim och reson (här och var),
orimmat och rena visor,
djupaste smärta ibland
och några humorförsök
Min ambition bara var att
röra, roa och reta,
(men blir du rysligen arg,
tog du det för seriöst).

Versmått

Min poesi är ibland
förvillande lik
andras prosa
fast med kortare rader.
Hoppas att det kan passa ändå!

LITE
AV
VARJE

Blickar

Stor
tjock
vit man -
ensam på gatan
i myllret av
små
smäckra
brunhyade.
Blickar möts fem sekunder -
sen fniss och tassel.
Kanske levde jag kvar
i deras samtal
i fem minuter.
Jag undrar vem jag var.

På drömstranden

Tillbaka på drömstranden
vid Malpes vajande kokospalmer.
Lika skön sand som vanligt
och tjugoniogradigt vatten
som ändå svalkar.
Snäckskalen fanns där som förut
och strandkrabbornas ruscher till sina hål.
Ändå inte detsamma
utan dig.

Khajuraho

Khajuraho med prakt från
Chandellakungarnas dagar
slumrade stilla bland minnen,
omvävd av tätnande djungel.
Kungapalatsen var borta,
och tystad var sången och dansen.
Endast templen sig reste
i evig trånad mot himlen.
Så kom turisternas era
med nya, platta hotellhus.
Kameratyngda vi lyssnar
till guidernas inlärda fraser:
"Mäktiga krigare var de,
och mätta på strider de byggde
sandstenstempel med resning
och mångfald av sköna skulpturer.
Gudar, gudinnor och krigsmän
mitt i erotiska scener
pryder var vägg och vart tempel,
talar om gudstron från fordom.
Endast erotisk fulländning
ger gudstron varaktigt värde.
Innan prästen får offra,
ska danserskan först bana vägen."
Khajuraho med prakt
från Chandellakungarnas dagar,
hård som sten är din tanke,
falskt är ditt tysta budskap.
Otyglad Eros blott sargar
gemenskap med Gud och med mänskor.
Endast Agape från himlen
gör Eros till varaktig kärlek.

(Khajuraho i norra Indien är i dag en av landets mest besökta turistorter. Här fanns på 900- 1200-talet efter Kristus en härskardynasti, som man vet ytterst lite om. Alla andra byggnader och spår av kulturen är borta. Bara de stora templen finns kvar, översållade med erotiska motiv, som alla talar samma budskap: Endast den sexuella fulländningen kan förena människan med Gud. Det är bara supermänniskorna som räknas.

Alla andra porträtteras som klumpiga, halvvuxna figurer, som betjänar den utvalda härskarklassen.)

I sällskap med ensamheten

Jag kurar ihop i tystnadens täcke.
Alla ord känns så slutpratade och slitna.
Jag vilar mig lite i ensamhetens enkelrum.
Det blev så överfullt på gemenskapens
jätteveranda.
Jag är inte särskilt ledsen-
och inte särskilt glad.
Låt mig bara sitta här en stund.
I sällskap med ensamheten
lyssnar jag på tystnadens tröstande visa.

Natten

Jag flyr in i mörkret,
och natten bär bort mina sorger.
Jag omfamnar mörkret,
och natten smeker bort mitt missmod.
Jag dricker in mörkret,
och nattens vin ger glömska.
Tack, Herre, för natten!

Etikett

Tack, min vän!
Vad du gjorde värmde mig,
räddar mig.

När jag kände omkring mig
"Bråkmakare, fanatiker
extremist, splittrare,
instabil svikare"
satte du med värme i blicken
på min panna
"Ej till salu".

Privat rum

Min fasta
är som ett privat rum
mitt i ätandets gemenskap.
En del märker inte ens
att jag inte deltar.
Jag pratar ju och skrattar som de.

En hemlig frizon,
en inhägnad lustgård.
Där pågår en andens bankett
i mitt privata rum,
min fasta punkt.

Nu ska jag gå ut igen
till ätandets gemenskap
för att delta, inte bara närvara.
Jag tvekar och är lite rädd
Jag måste gå ut nu,
men jag återvänder hit igen sen
till frizonen,
lustgården, andens bankett.

Beslut från omsorgsstyrelsen

"Du får inte sprida det här.
Och se det nu inte som nåt slags censur,
men om du skriver precis som det är,
så kan det ju missförstås, eller hur?

Att säga din mening är fel,
för hur skulle andra då uppfatta det?
Vi som är närmast dig vill för vår del
nu skydda dig bara från spott och från spe.

Om vi nu dig inte förstår,
ja, hur ska dom andra det se i sin tur?
Omsorgen vår gör att tiga du får,
men vi säger klart: Det är inte censur."

Jag beklagar

Du gjorde fel,
och jag blev lessen
och besviken.
Jag sa det till dig.
Det var då du sa det:
"Jag beklagar."
Vad menar du?
Beklagar du
att jag upptäckte det hela
eller att jag blev besviken?
Menade du möjligtvis
"Ursäkta!
Förlåt mig, min vän!"?
Då beklagar jag
att du inte sa det.

Pengsjon

Pensionärerna har det besvärligt
år nittonhundranittiofem
också här i vårt gamla Ukraina
berättar Vasilii, min vän.
"Hon har sin lilla stuga
och sin täppa, det är tur
och pension på fyra dollar
varje månad i ur och skur.
Till tre kilo kött det räcker
så där på ett ungefär.
Tjugoåtta års jobb på kolchosen,
och nu är hon pensionär."
Jag glömde fråga Vasilii
i dag när jag hade min chans,
om hans mor kunde ta med pensionen
om hon flyttade utomlands.
Jag fick inte alla detaljer
men lyckades ändå förstå
att för vår tids pensionärer
är det svårt - i Ukraina också.

På stäppen i Kazakhstan

Natasha i Satpayev
på stäppen i Kazakhstan
har jobb och egen bostad,
det mesta ganska ordnat,
så gott det nu kan göras
på stäppen i Kazakhstan
Natasha i Satpayev
i välmöblerad etta
har hamstrat tvål och shampo
för åratal framöver
men längtar efter kärlek
på stäppen i Kazakhstan.

En kristen man som make
åt Natasha i Satpayev
är hennes stora längtan.
Och släkten ber för henne,
och tiden flyter sakta
på stäppen i Kazakhstan.

I veckan hände undret
för Natasha i Satpayev,
och Viktor hörde av sig
och hennes hand begärde.
Han älskat henne länge
på stäppen i Kazakhstan.

Natasha i Satpayev
hade inte anat något.
Nu lämnar hon sin etta
och sitt tvål- och shampolager.
Till hans bror i Pennsylvania
ska de fara framåt hösten
ifrån stäppen i Kazakhstan.

Natasha i Satpayev
mötte kärleken och livet.
Till en okänd framtid går hon
i Amerika med Viktor.
Livet flyter fram som vanligt
på stäppen i Kazakhstan.

LUNDABILDER

Cyklarnas stad

Lund, det är cyklarnas stad.
Oändlig tvåhjulingsrad -
svarta och gula,
prickiga, fula,
terroriserar vår stad.

Högsta fart helst ska det va',
gärna på var trottoar.
Fotgängarkrakar
fruktar och skakar.
Livet på spel varje da'.

Vanlig polisrapportfil:
"Cykel kör djärvt in i bil."
Och var uti fjärran
finns cykeln med kärran
och tre barn som skjutsas med stil?

Oförberedde bilist,
aningslöst trygge turist:
"I morr'n är en skälm.
Bär plåster och hjälm.
På spänning du får ej nån brist."

Om du är rädd om ditt skinn,
vill du i Lund smälta in:
Låt bli promenera!
Din bil pensionera!
Men kasta dig på cykeln din!

Magnolia

Magnoliorna håller mig fången
inte bara i maj,
då de härskar,
behärskar mig
med mäktiga kronblad
och förförande doft.

Inte bara på våren,
då jag upptäcker den,
i ännu en trädgård,
lockande men svårnådd,
sig själv nog,
sydländskt varm
i nordisk svalka.

Också resten av året
står den där,
stark,
bidande sin tid,
får mig att tänka:

"Där är den.
Snart kommer den igen."
Och jag minns doften,
och jag minns de mäktiga kronbladen.
Magnolia, du vinner.
Jag ger mig
på nåd och onåd.

Ingen reaktion

Pingstkyrkans sång
och moderatens tal
och Stoppa Bron Så Lång
och Rädda Varje Val.

Allting går an
och ingenting går in.
Varje åsikt kan
höja rösten sin.

Hög tolerans,
hög ljudnivå,
Ska du ha chans,
ropa högre då!

Nån annan stans-
en ren sensation.
Här - utan chans,
ingen reaktion.

Maskrosglädje

Tjugo års
halvhjärtat trädgårdsinnehav
(i andras ögon
helhjärtad vanvård).

Fem förvildade trädgårdar
på mitt samvete.

Skönt att den villan är över!

Nu bor jag i lägenhet
i trygg förskansning
på tredje plan
(utmärkt plan).

Ohämmat
gläds jag på nytt
över tusentals
glada solar därute -
större och mer lysande
än tussilago.

Inte lika välkomna
men lika mycket bud om våren,
om obändig livskraft
och livets seger.

Purjolökspoesi

Där satt jag i stolen
hos frisören,
kom att tala om lättnaden
över att inte ha trädgård.

Då kom han in,
nybliven pensionär,
senig och frisk.

När han talade om purjolök
och perenna blommor
blev det poesi av det:
Potatis direkt till maten
Jordgubbar i tallriken
utan att behöva skölja dem
Hasselnötterna
som mognar på busken
och därför smakar
så mycket mer
än de köpta.

Och frisören
som har stuga på landet
med sällsynt, blåfärgad vitsippa,
talade också hänfört
om valnötsträd i Skåne
och vinbären i klasar.

Jag lyssnade
lite skamsen
och lite förtjust.
Det var två skilda världar -
mina monsterträdgårdar
med segrande ogräs
och mossans erövringar
och deras paradistäppor
med poetisk purjolök
och jordgubbar direkt i tallriken.

Jag betalade
och gick mot dörren.
Den senige pensionären
sa till farväl med glimten i ögat:
"Du får nog skaffa dig
en trädgård igen."

Ute i det milda vårregnet
tänkte jag efter.
Lättnaden finns kvar
men också saknaden.
Tänk att ha purjolök
fylld av poesi.

Jorden är Lund

Jorden är Lund,
Lund är bäst.
Och Malmö är blott trädens rand
på vägen vår till Köpenhamn-
vår hamnstad rätt och slätt.
Men Lund är bäst
är vackrast och mest.
Och alla tågen stannar -
(men går vidare sen.)
Och egen flygplats har vi -
(Malmö / Sturup heter den.)

Akademisk anarki

Akademisk anarki:

Alla analyserar, argumenterar,
avlägger anföranden,
aviserar attityder
angående allt

anländer akademiskt
att avvaktande avlyssna andra,
anmäler automatiskt andra aspekter,
avlevererar anmärkningar
avstår anslutande,
avvisar,
avviker,

anländer,
avstår alltjämt,
avvaktar absoluta alternativet,

Allt avstannar.
Alfa,
Alfa,
Alfa,
aldrig Omega.

Akademiska Anarkiföreningen,
Akademiförseningen.

DIKTER FRÅN PUERTO RICO

Puerto Rico "upptäcktes" av Christoffer Columbus år 1493.
Indianerna på ön vägrade att bli slavar och utrotades därför i snabb takt. Ganska snart importerade man negerslavar från Af rika i stället. Så Puertoricanen har indian / spanjor / neger som ursprung. Från början var det frukt och kaffe och sockerrör som odlades. Efter första världskriget kom USA att dominera ön. När övriga delar av världen gick nationaliseringens väg, valde Puerto Rico att gå närmare USA och är nu mer eller mindre en del stat . Varje Puertorican har amerikanskt medborgarskap.
Nu har industrin till stor del ersatt det ensidiga beroendet av jordbruket.
Puerto Rico har bästa ekonomin i de här trakterna.
Från början fick ön och landet namnet San Juan efter Johannes Döparen. Staden hette Puerto Rico - den rika hamnen. Sen bytte staden och landet namn med varandra.
De äldsta husen är från 1500-talet, och det finns rester kvar av den gamla stadsmuren och fästningar och borgverk. Gamla San Juan är turistmål och har också en stor kryssningshamn, där jättelika kryssare lägger till.
Puerto Rico är en smältdegel av ytterligheter.
30% av befolkningen är bekännande kristna och går i kyrkan regelbundet. Det finns flera TV-kanaler som bara sänder religiösa program. Sam tidigt finns det mycket våld och fattigdom och ondska.
Mycket av knarkhandeln in i USA passerar via Puerto Rico.
I mars 1995 hölls kampanj i San Juan med Billy Graham, den då 76-årige evangelisten, personlig vän till presidenter och kändisar, aningen märkt av sjukdom. Under tre kvällar gick budskapet också per satellit till 185 länder på 116 språk till 3000 lokala kampanjer via TV-skärm och lokala arrangörer.
Teoretiskt sett skulle en miljard människor kunna nås av sändningarna.

Puerto Rico
1

Spanjorerna kom hit år fjortonnittitre.
De flesta indianerna dog ut strax efter de'.
De dog av "spanska sjukan"
i en våldsam version,
för de ville ej va' slavar.
Vilken konstig aversion!
Så blev det svart import,
helt lagligt, ifrån Afrika.
Och lite lättare det blev
ett tag med negerslavarna.
"Fast allt det där är länge sen.
Nu är det allmänt känt",
summerar guiden stolt för oss
med amerikansk accent:
"vårt ursprung är ju dels spanjor,
dels svart, dels indian.
Och jag är född just här på ön -
en sann puertorican."

2

Puerto Rico -
den rika hamnen
ön i Karibien
smältdegeln:

Indianer och spanjorer.

Indianerna tog slut.
Spanjorer och negrer
och amerikaner

Latinskt och amerikansktchili och coca-cola
latinamerikanskt:
"We now use only dollah."

Men klipporna och sandenoch havet och stranden
och palmer och pelikaner
fortsätter som vanligt
glömska för människors riken
girighet och förtryck.

För dem är riket detsamma som före coca-colaFör
dem är riket detsamma som före Columbus
urtidsgammalt och ständigt nytt -
den Högstes eviga rike.

3

Paradisö i Karibien:
vindar och sol och regn igen,
latinskt, amerikanskt
i världsvan Blend,
livfulla gester,
tuggummitugg
godhet och ondska
hånflin i mjugg

Kristus har hänfört
var tredje person
men ondskan och våldet
har än större zon

Billy Graham på satellit.
Hela världen tittar hit.
Frälsningsbudskap på kosmisk färd.
hHvet omsluter paradisvärld

Fula fiskar på land har koll -
narkotikahajar,
knarkets piraya,
jagat från vettet,
rengnagt skelettet
"Hey, my doll!"
Dollarkontroll
Havets fiskar hajar noll.
Vindar och sol och regn igen.
Paradisö i Karibien.

Billy Graham
Levande legend
predikanters dröm
presidenters vän
tolkars trofé
handskakningsbyte

Jag ser honom tydligt:

åldrad men reslig,
gammal örn
bland pratsamma korpar,
luggslitet lejon
bland trimmade pudlar,
mänsklig faktor
i oljat maskineri.

Jag hör honom tydligt:

I brottningsmatchen
mot Mr. Parkinson
leder han fortfarande knappt.
Aningen fumligt,
stundtals med möda,
ändå bergfast,
övertygande övertygad,
missar poänger
men inte målet,
långa pauser -
hittar han tråden?

Så händer det igen -
skarorna kommer,
heligt beslutna
till mötet med Gud,
Billy Grahams Gud.
Gåvan, gudagnistan
fanns där ännu en gång
starkare än maskineriet,
starkare än Mr. Parkinson,
starkare än Mr. Graham.
Jag ser det tydligt.

Tolken och predikanten
Ord, ord
förstå ord
snabbt hitta ord
översätta ord
fånga mening
tolka.

Ta emot ord
ge vidare
lika troget tolka
bli ord i praktik
konkretion
inkarnation
för att Ordet blev kött.

Yrkesval

Plötsligt stod han där
med brinnande ögon,
solbränd hy
och dammiga sandaler.
"Följ mig! Jag ska göra
människofiskare av dig."

Ensam stod jag kvar
med skamsen uppsyn.
Måste gå
och följa i hans fotspår.
Hängde skylt på dörren.
"Akvarieskötare sökes"

Svensk entusiasm

*"Ojämnt intresse för Graham". Så sammanfattar
tidningen Dagen den svenska responsen på Billy
Grahams Global Mission, kampanj per satellit
till 185 länder.
I Goma, Zaire kom mellan 15 och 20 tusen
människor till bild skärmarna trots ösregn,
och i Stockholm kom det också ganska många -
ett hundratal - till Citykyrkans konditori,
där skärmen stod uppställd.*

Ojämnt intresse för Graham
måttligt förtjust i Palau
avvaktande till Ulf Ekman
osäker på Yonggi Cho.

Jag föll ej i farstun för Vineyard,
hänförs ej av Howard-Browne.
Och hur är det med Stanley Sjöberg?
Och Benny Hin(n) - usch, vilket namn!

Ej positiv till Robert Schuller
och hans kristallkatedral
eller till Reinhard Bonnke
med tältmöten där i Transvaal.

Jag tycker att det ska va' lagom,
så man vet när det hela är slut,
men inte det nya jag läst om,
för så har vi ej gjort förut.

Dom säger visst att ängeln Gabriel
ska sjunga på Frälsis i dag,
men snart börjar Bingolotto.
Jag kommer en annan dag.

ANDLIGA LEDARE
I. EN MARDRÖM

Maktbalans

Deras ledarskap var av det balanserade slaget,
neutraliserande på det hela taget.
Det balanserande laget
göt olja på vågorna -
också dem som Herren sände -
och byggde vindskydd -
också när Anden blåste-
grep in mot all obalans -
också Herrens dårskap
som frälsar världen.

*

Det är lugnare där nu -
balanserat och stilla,
inga obehagliga överraskningar,
inga behagliga heller för den delen.

Nu samlar man herdar,
har ordning och reda
men en sak är fel:
man saknar inte lammen,
fast lammen saknas-
de små liven,
de bråkiga
och oberäkneliga-
men levande.

Leadership Rap

LEDNINGENS TIO I TOPP
(kan med fördel rappas opp):
Favoritsport - balansgång
Musikstil - svanesång
Hobby - konservering
eller kanske dissekering
Husdjur - budget,
inte värst fet
Favoritband - Status Quo
Kärt spel - Monopol
Älsklingsstol - långbänk,
jättejättelång bänk
Senast lästa bok -
"Hur jag blev lugn och klok"
Populär profession -
administration
Slogan som är kär -
"Det är väl bra som det är?"

II. EN ÖNSKEDRÖM

Sanna ledare

Inga skrivbordsbyråkrater
med direktionsrumslater
eller styrelserumsstrateger
fjärran från kamp och seger
nej - kämpande frontsoldater.

Sanna andliga ledare
leder framifrån fronten -
risktagare,
bedjare,
trons våghalsiga äventyrare,
ledare i lovsång
i hänförelse
i varma relationer
och Jesusvittnande

Inte kontrollanter
av andras lovsång eller tjänst
men ivriga praktikanter
riskerande
misslyckande
mer rädda om Hans ansikte
än om sitt eget

Det är såna ledare som får höra
den störste Ledaren säga:
"När du en gång har vänt tillbaka,
så styrk dina bröder!
Följ du mig!"
Det är de som en dag får höra:
"Du är en god och trogen tjänare.
Gå in till glädjen hos din Herre."

DIKTER FRÅN SJÄLLANDS KUST

På Seierön vid Själland

Jag fyller mina ögon med skönhet
och min hud med sol
och min näsa med rosendoft
denna härliga sommardag
på ön i havet.

Jag låter min kropp omslutas av havet
och vinden och solen
och min älskades kärlek
denna härliga sommardag
på ön i havet.

Jag fyller mina öron med fågelsång
och vågskvalp och vindsus
och min älskades röst
denna härliga sommardag
på ön i havet.

Jag vet nog att det kommer andra dagar
med mörker, kyla och smärta.
Ett lager av sol, värme,
skönhet, rosendoft,
kärlek och fågelsång
kommer då väl till pass.

Horisont

Min utsikt från havsstranden i dag:
En blågrön ögonglob
som skådar in
i ett ljusblått universum
En myllrande källa av liv
full av egna mysterier
som blickar ut
i oändligheten
begrundande
utan brådska
oberörd av
flyktiga människokryp
på stranden.

Det tålmodiga havet

Små och stora pojkar
tar stenar
och kastar dem på havet.
Havet tar tyst emot,
slipar och formar.
När de små och stora pojkarna
längesen är döda
kastar havet tillbaka
stenarna på stranden
och säger: Nu är det din tur.
Sonsönerna och andra pojkar
tar stenarna
och kastar dem på havet.
Havet tar tyst emot,
slipar och formar,
kastar upp dem på stranden:
Nu är det din tur.

Hav tröttnar inte fort.

Omsluten av havet

Omsluten av havet
tänker jag efter
och ryser plötsligt.
Det svindlar för tanken.

Samma hav, som håller mig
mjukt i en av tusen händer,
håller samtidigt
fiskargrabben i Malpe
på Indiens västkust
och de majestätiska blåvalarna
och de jättelika hajmonstren
och de skimrande pärlorna
i musselbankfack
i säkert förvar
och Titanic
och Estonia
och solbrända surfare
utanför Waikiki Beach
och plaskande isbjörnsungar
norr om Polcirkeln

Samma hav håller mig.
Allt hänger samman.
Det svindlar för tanken.

OM KÄRLEK

Kväll

Plötsligt är det kväll
Tankarna slår sig trötta
mot den kalla himlens mörker,
och min längtans vita fågel
söker henne med den raka gestalten
och de skygga ögonen.

Tänker du på mig nu

Tänker du på mig nu -
hundratals mil och två tidszoner bort?
Månen jag ser ser väl också du,
men tänker du på mig nu -
hundratals mil och två tidszoner bort?

Det vill jag gärna tro.
Låtsas jag ser dig i fönstret ett slag -
väntande, längtande, du som jag.
Ja, det vill jag gärna tro.
Låtsas jag ser dig i fönstret ett slag.

Öden som sammanvävts -
till och med ensamhet delar vi två.
Tänk att det faktiskt kan vara så!
Öden som sammanvävts -
Till och med ensamhet delar vi två.

Så tänker jag på dig nu -
hundratals mil och två tidszoner bort:
"Månen jag ser, ser väl också du."
Så tänker jag på dig nu -
hundratals mil och två tidszoner bort.

Kära, att börja om

Kära, att börja om
och gå samma väg igen
ock likväl inte samma väg.

Att vara som förr
men annorlunda
utan att förändras.

Jag vill se dig annorlunda
men ändå alltid, alltid
densamma som förr.

Du måste lova
att dina ögon
aldrig, aldrig ändras.

Kära, att börja om
utan att skada
det som har varit.

Kom, ta min hand.

Tjugo år

Tjugo år -
sedan våra händer fann varandra
och våra liv började flätas samman
i aningslös tillit och förväntan.

Tjugo år -
intåg och intrång i den andres värld -
ibland smärtsamt-
men ändå ett ständigt skapande
av en gemensam värld,
unik och underbar
med träd
ingen av oss
kunnat odla ensam.

Och gick jag med för tunga steg
i din trädgård -
tanklöst och tölpaktigt nertrampande,
så ber jag dig nu:
Förlåt! Förstå!
Och minns det här -
i tjugo år,
varenda stund,
så har jag älskat dig!

Kärleken är större än förut

De vackra orden som jag skrev förut,
den skira poesin har tagit slut,
men kärleken är större än förut,
ja, kärleken är större än förut.

Jag älskar dina gester och ditt ansikte.
Din hud har mognat, och mognat har ditt leende.
Och kärleken är större än förut,
ja, kärleken är större än förut.

Du går här vid min sida varje da',
en vuxen och en mogen människa.
Och kärleken är större än förut,
ja, kärleken är större än förut.

Jag älskar dina ögon och ditt leende.
Du känner mig och vet precis hurdan jag ä'.
Men kärleken är större än förut,
ja, kärleken är större än förut.

Vår kärlek den är full av liv och blod,
en handfull himmel och en handfull jord.
Och kärleken är större än förut,
ja, kärleken är större än förut.

Kärleksdikt

En gammaldags kärleksdikt på rim - en visa.
Lite banalt?
Ja, kanske.....
om trohet är banalt,
om klart, kallt vatten är banalt,
om rättfram, okomplicerad längtan är banalt.

Jag längtar efter dej, min kära
här borta i ett fjärran land.
På något sätt så känns du nära.
Jag nästan når dej med min hand.

Och riktigt sorgsen går ej vara,
om du finns där, finns kvar för mej.
Om några korta dagar bara
är mina armar omkring dej.

Ej slutar gamla eldar brinna,
så länge det finns bränsle kvar.
Så fort jag till din famn kan hinna,
så har vi svar, varann vi har.

Igen den kära leken leka
Igen få ge och ta och ge
Och utan rädsla kunna smeka
och ge varann befrielse.

Så väl vi kan varann, min kära.
Vår kärlek är ett årgångsvin.
Så skönt att ha varann så nära.
"När var tar sin, så tar jag min".

Jag längtar efter dej, min kära.
En stund jag tyckte du var här.
Vi låter timmarna få bära
oss till varann. Snart är vi där.

Mogen kärlek

Den som smakat mogen kärlek
blir inte tillfredsställd
av mekanisk, fysisk tillfredsställelse.

Den behöver samspel,
gensvar -
behöver få hänge sej.

Då är man hellre
i minnenas kammare
och i förväntans paviljong
än i
masturbationens meningslösa enkelrum,
det tillfälliga mötets villa
eller i köpt "kärleks" korthus.

Omsluten

Det är viktigt att du är nära
här i min famn
din andedräkt mot min hud
och nattens barmhärtiga täcke
omkring oss.

Allt annat glider ifrån mig,
halt, overkligt, gäckande.
Det jag var säker på förut,
trygg i,
gjorde med spänst och schvung,
är svårt, ovant, fumligt.

Dagen är obarmhärtig,
ljuset visar så klart
undvikande blickar,
osäkerhet,
ny ställning,
icke-person,
pariah.

Ändå är jag densamme,
är den jag är,
kan det jag kan,
tror jag åtminstone,
eller kanske inte
i deras ögon,
värdefull för min egen skull?

Jag vet vem jag är,
jag vet det finns plats för mig,
jag vet att jag passar
fast jag inte passar in.
Det finns en morgondag -
kanske inte i morgon
eller nästa dag -
men sen, en annan dag.

Men nu är jag tacksam
för mörkrets barmhärtiga täcke
och dina armar omkring mig
och din andedräkt mot min hud,
en stund till,
några nätter till.

Snart gryr en morgon
på riktigt.

BÖNER
OCH
SÅNT

Läge för lovsång

Herre, kan man skapa något i en sjuksäng?

Jag är mer begränsad än vanligt,
och vanmaktens tunga vingslag
vakar i natten.

Dock, ur mitt innersta bubblar fram
lovsången till dig.
Och med ens är jag utanför
alla sjukrum och stängsel.

Medan stjärnornas stråkorkester
spelar upp i vårnatten
sträcker sig min andes tillbedjan
förbi stjärnor,
genom alla olösta gåtor
förbi alla intellektets invändningar
fram till dig, min Herre.

Du ger mig allt, o Herre kär

Du ger mig allt, o Herre kär.
Mitt liv blir till en solskensfest.
Och ändå går jag allra mest
på stigar där du icke är.

Din frid är allt min själ begär.
Din kärlek ständigt följer mig.
Men ändå envist bort från dig
mitt hjärtas vandring ännu bär.

Jag vill bli din. O, tag mig nu
bort från min mörka vilsna stråt.
Tag bort min synd och, Herre, låt
mitt liv till sist bli bara du.

Din frid är allt min själ begär.
Den större är än havets famn.
Din frid är själens enda hamn.
Du ger mig allt, o Herre kär.

Ambassadör

Jag är konungens ambassadör -
ett sändebud med fullmakt,
representant för min konungs glans och prakt
i ett främmande land.

Men i trasiga kläder
talar jag om hans rikedomar.
Med några ören i min hand
gör jag reklam
för min konungs land.
Vem ska tro mig?

O, Kristus, min konung,
ge mig av din rikedom,
så världen förstår
att jag talar sanning.

Adams son

Mycket Adam,
mycket av damm.
Lite Jesus, lite av Krist-ljus
i mitt liv.

Genom tårar,
ångerns tårar,
renas nu allt. Han tar gestalt
i mitt liv.

Trasor gamla
från mig ramlar.
Syndafången är förgången
ur mitt liv.

Bara Jesus,
bara Kristus
leva nu får. Jaget förgår -
evigt liv.

Tomma händer

Tomma händer
först mot Herren vi sträcker.
Tomma händer
sen till människor vi räcker.
Och undret händer,
och läget vänder.
Gud hjälpen sänder
genom våra händer.
Tomma händer
blev laddade händer,
läkande händer,
befriande händer,
förvandlande händer.

Trons trampolin

Trons trampolin -
visst vill vi göra djärva hopp
från sviktbrädan-
trotsa tyngdlagen,
lämna begränsningarna
genom den erövrande tron,
tron som förflyttar berg.
Men vad hjälper sviktbrädan
utan fundamentet -
den vilande tron,
förtröstan på att Gud finns där
- i alla fall.
Jag vet att min Förlossare lever,
och att Han till slut
skall stå fram över stoftet.
Trons trampolin -
där finns också belastningspunkten,
stället där det slår i
hela tiden,
ansträngt till bristningspunkten -
den uthärdande tron,
de ryska och kinesiska kristnas tro,
martyrernas tro -
att följa Kristus hur det än går -
skimrande bristvara.
Trons trampolin -
vila och erövring,
förtröstan och ståndaktighet,
våga och vinna
och våga förlora,
för segern är vunnen.

Fostbrödralag

Förblödande, upphängd på Golgata där
förbinder Han såren på hela vår värld.
Nu bjuder Han fostbrödralag och förbund
till den som vill stå på försoningens grund.
Han ger oss allt vad Han äger och har -
himmel och jord och en himmelsk Far.
Vi ger vår kärlek och lyder och tror.
Tala om kristligt byte! Han blir vår bror.

Välkommen

Den kristna privatgemenskapen evangeliserar
med sin januarikalla inbjudan
och sina ihåliga välkomstord
(Det är ju ändå skönt att ha gjort sitt
för att frälsa världen):
"Tro på Jesus och kom till honom!
(Men kom helst inte hit)
Välkommen till den sanna kristna
församlingsgemenskapen!
(men inte till vårt mysiga innegäng, bara!)"

Omsorgsgemenskapen säger
enkelt och rakt på sak:
"Välkommen att dela med oss!
Låt oss sjunga och be, skratta och gråta -
tillsammans!
Vi har kastat våra masker.
Om du vill, så får du göra det också.
Om du och jag båda tillhör Kristus,
så tillhör vi ju varandra."

Herre, jag tror jag vet vilken gemenskap
du har gått med i. Där vill jag också vara.

Moderna kristna

Vi moderna kristna
som förlorat himlen
ur sikte -
så upptagna med våra egna himmelriken -
att bygga, bevara och försvara
våra privata fästen.
Hur skulle vi ha tid med Guds rike?
Hur skulle vi kunna se himlen -
eller glädja oss över det
som hotat våra egna riken -
våra revir?

Tändstickor

Stor eld behövs
i världens köld,
god eld
mot ondskans kyla

Den store Eldaren
gör upp eld i sitt stora hus.
Må elden värma!
Må grytan koka!
Hur ska han få eld
i de stora klabbarna,
de sura och tjuriga,
som behöver börja brinna,
börja värma?

Vill vi vara
i den store Eldarens hand
tändstickorna
nävern
de torra stickorna,
så han kan tända
om och om igen?

Vill vi värma och brinna
förbrännas och förbrukas
men för ett syfte -
att veden torkar
och antänds
och blir en stor eld?

Det börjar med
stickor och näver
brännbart, brinnande -
förbrukningsmaterial
och ändå oersättligt.

Stor eld behövs.

Uppbrott

Din kallelse når mig -
mitt i etableringens trygga skede:
"Stå upp och gå till ett land
som jag ska visa dig,
så ska jag göra dig till en välsignelse."
Jag vet inte vart jag ska gå,
men jag känner mig kallad till ett uppbrott.

Alltid har jag tonat ner
min speciella betydelse
eller kallelse eller gåva:
"Vi är alla på samma plan inför Gud."
Och visst är det sant -
det allmänna prästadömet -
men ändå:
I kväll känner jag mig kallad,
utvald, speciell och värdefull.

Kanske är det nu det ska ske -
att jag ska gå in i det
jag är skapad för,
komponerad för -
att jag ska höja mig
över mitt eget genomsnitt
och i Guds förmåga
uträtta något stort.

Herre, se till mina kära!
Omvälvningarna i mitt liv
drabbar ju dem så oförskyllt,
känns det som.
Låt oss tillsammans
se och bejaka din väg!
Låt oss kunna glädjas
mitt i oron!

Då säger jag med glädje "Ja", Herre.
Fast jag antar att det blir jobbigt
och inte alls solklara svar alla gånger.
Men ändå -
det är det här jag är skapad för.

Vasa?
Kan det bli ett nytt uppbrott sen?

Vart är jag på väg?

Vart är jag på väg, Herre?

Du svarar mig inte, fast frågan är viktig.
Ja visst, ja! Den ställdes till fel person.
Det är jag själv som bestämmer svaret.
Du har gett mig valmöjlighet -
död eller liv,
mörker eller ljus,
isolering eller gemenskap.

Herre, jag väljer livet.
Men bli min lots!
Stig upp i min bräckliga farkost.
Jag klarar mig inte själv.
Jag har bestämt målet.
Nu får du bestämma kursen.

Fråga till Uppfinnaren

Finns det flera såna, månntro?
Medelålders
överviktiga svenskar
som har växt upp
i Kina och Indien
och talar engelska
och sjunger ryska
och äter franska
med stor förtjusning
som sjunger och skrattar
för det mesta
men i ensamhet gråter ibland
i nattsvart förtvivlan
och ynklig självömkan?

Finns det flera såna?
Som haft sitt hem
på arton ställen
i tre länder
som lämnat den trygga lunken
och väntan på pensionen
och hänger mellan jord och himmel
som tror att Gud är ute och vandrar
och trivs bättre
i sköra men dynamiska människorelationer
än i hårda kyrkostrukturer?

Finns det fler såna?
Kan man använda dom till något?
Det skulle jag gärna vilja veta.

Klagan

Herre!
Jag är trött och stum i mitt känsloliv
och oviss om vägen.
De som skulle vara mitt stöd
förkastar mina käraste drömmar och målsättningar.
En människa kan inget taga,
om det inte blir henne givet ovanifrån.
Hjälp mig att vara stilla och tiga.
Öppna en väg!
Till dess har jag slagit otryggt läger i den mörka dalen.
Jag sluter för fönstren
mot den kalla blåsten och mot insyn.
Nu måste jag skydda och bevara
den gnutta av livsvärme som finns.
Det är inte säsong nu
för uppknäppt jacka och frejdiga leenden.
Nu handlar det om överlevnad -
att överleva vintern i en solfattig och kall dal.
Jag ser fortfarande bergstopparna, där solljuset flödar.
Jag vet var utsikten och perspektiven finns.
Men jag ser inga stigar som leder dit.
Än så länge måste jag stanna här.
Hur länge måste jag stanna här?
När ska en stig synas framför mig?
Jag klagar - men jag vet vem jag klagar inför.
Jag vet att Han hör mitt kvidande och mina frågor.
Om det dröjer innan Han svarar?
Hellre väntar jag i Hans tystnad
än går efter de mänskliga teserna -
antiteserna - synteserna.

Så länge Han är tyst finns det hopp.
Så länge Du är tyst finns det hopp.
Att finnas i Din tystnad är sällskap nog.
Tala eller tig, Herre! Din tjänare hör.

Kris

"Krisis" - (grekiska) - avgörande, dom, domstol, "avgörande vändpunkt"

Det är kris nu -
inte en olycka utan en domstol för min framtid,
inte en katastrof utan en avgörande vändpunkt.

Vad är stilla ödmjukhet och vad är brottslig feghet?
Vad är tålamod och vad är räddhågad tvekan?
Vad är hänsyn om friden och vad är brist på kurage?
Vad är trossteg och vad är högmod?
Vad är en vision från himlen
och vad är förmätna fantasier?
Vad är Guds stopptecken
och vad är djävulens snubbeltråd?

Det är detta som är krisen.
Att gå kan vara farligt
och att vänta kan vara ödesdigert.

Är visdom krislösaren?
Visdom - att tillämpa kunskap
på rätt sätt och i rätt tid?

*"Men om det brister i vishet hos någon av er,
så ska han vända sig i bön till Gud som ger åt alla, villigt och utan förebråelser,
och han kommer att bli bönhörd.
Men han skall be i tro, utan att tvivla,
ty den som tvivlar är som vågsvallet på havet
som rörs upp av vinden och drivs hit och dit.
En sådan skall inte räkna med att få något
av Herren, inte så länge han är oviss och
vankelmodig i allt han gör."*
(Jakobs brev,Giertz' övers.)

Är detta den verkliga krisen och domstolen -
om jag tror eller tvivlar?
Herre, jag tror. Hjälp min otro!

Bollplank

Du är mitt bollplank, Herre.
Mitt ansikte är glättigt inför de andra.
Jag förvånas själv över hur jag skrattar och skämtar.
Du vet förvirringen, tomheten, vilsenheten.

Du är mitt bollplank, Herre.
Mina frågor studsar mot din tystnad.
Det gör inget att du är tyst nu.
Snart kommer det svar tillbaka, det vet jag.
Snart kommer din retur att slå hål
i någon av väggarna omkring mig.
Och jag kommer att se friheten därutanför - och vägen.

Du är mitt bollplank, Herre.

Grodperspektiv - tronperspektiv

Herre, jag skäms!
I stället för att hålla fast i tro vid visionen
och liksom se det osynliga,
har jag gett upp -
låtit drömmen dö,
låtit trons sköld falla
och låtit alla fiendens pilar
träffa och gå in djupt.

Med dig är jag en segervinnare.
Andra ser mig också som det.
Du ser mig som en potentiell segervinnare.

Men jag ser bara hindren -
mullvadshögarna,
rännilarna, sytrådarna,
som Frestarens optiska illusioner
gjorde till sylvassa snömassiv,
skummande floder
och stållinor.

Så kommer en man förbi,
sätter upp handen för synvillorna
och pekar uppåt.
Och plötsligt ser jag hur det är,
hur lurad jag var.

En skymt av det osynliga,
lite tronperspektiv
i stället för grodperspektiv.

En planta växer upp ur askhögen.

En röst når mig:
"Du har ofta bjudit mig till ditt program.
Nu bjuder jag dig till mitt.
Jag har väntat länge.
Kan vi gå nu?"

En ny hållning -
livshållning,
Livets hållning:
Rak rygg,
huvudet högt,
lyft blick,
fötterna på jorden
men det osynliga i sikte,
hjärtat i himlen,
fötterna på jorden,
vision och ansvar -
Livets hållning -
tronperspektivet -
sitta med Kristus
i den himmelska världen,
på viskningsavstånd
från den Allsmäktige.